AF197096

Tucholsky Wagner Zola Scott Sydow Freud Schlegel
Turgenev Wallace Fonatne

Twain Walther von der Vogelweide Fouqué Friedrich II. von Preußen
Weber Freiligrath Frey

Fechner Fichte Weiße Rose von Fallersleben Kant Ernst Richthofen Frommel

Engels Fielding Hölderlin
Fehrs Faber Flaubert Eichendorff Tacitus Dumas

Feuerbach Maximilian I. von Habsburg Fock Eliasberg Zweig Ebner Eschenbach
Ewald Eliot Vergil

Goethe Elisabeth von Österreich London
Mendelssohn Balzac Shakespeare Dostojewski Ganghofer
Trackl Lichtenberg Rathenau Doyle Gjellerup
Stevenson Hambruch
Mommsen Thoma Tolstoi Lenz Hanrieder Droste-Hülshoff
Dach Verne von Arnim Hägele Hauff Humboldt
Reuter Rousseau Hagen Hauptmann
Karrillon Garschin Gautier
Defoe Hebbel Baudelaire
Damaschke Descartes Hegel Kussmaul Herder
Wolfram von Eschenbach Dickens Schopenhauer Rilke George
Bronner Darwin Melville Grimm Jerome Bebel Proust
Campe Horváth Aristoteles Barlach Voltaire Federer Herodot
Bismarck Vigny Gengenbach Heine

Storm Casanova Tersteegen Gilm Grillparzer Georgy
Chamberlain Lessing Langbein Gryphius
Brentano Lafontaine
Strachwitz Claudius Schiller Kralik Iffland Sokrates
Katharina II. von Rußland Bellamy Schilling Gerstäcker Raabe Gibbon Tschechow

Löns Hesse Hoffmann Gogol Wilde Gleim Vulpius
Luther Heym Hofmannsthal Klee Hölty Morgenstern Goedicke
Roth Heyse Klopstock Kleist
Luxemburg Puschkin Homer Mörike
La Roche Horaz Musil
Machiavelli Kierkegaard Kraft Kraus
Navarra Aurel Musset Lamprecht Kind Moltke
Nestroy Marie de France Kirchhoff Hugo

Nietzsche Nansen Laotse Ipsen Liebknecht
Marx Lassalle Gorki Klett Ringelnatz
von Ossietzky May vom Stein Lawrence Leibniz Irving
Petalozzi Platon Knigge
Sachs Poe Pückler Michelangelo Kock Kafka
de Sade Praetorius Mistral Liebermann Zetkin Korolenko

Geächtet

Juhani Aho

Impressum

Autor: Juhani Aho
Umschlagkonzept: toepferschumann, Berlin

Verlag: tredition GmbH, Hamburg
ISBN: 978-3-8424-8775-8
Printed in Germany

1

Nur das Messer war mein Bruder,
Nur der Stahl war meine Stütze:
Er zersprang am harten Steine,
An der Mutter argem Leben,
An des bösen Weibes Schande.

Kalevala 33, 91-98

1

»Seht zu, daß ihr Junnu in Ruhe lassen könnt«, schilt der Meister von der anderen Seite des Feldes quer über den ungemähten Roggen.

»Ja, wenn er nur selbst Frieden halten könnte«, murren die anderen.

Aber bald ist die Neckerei aufs neue im vollen Gange.

Alle Leute des Hofes sind im Bunde gegen einen einzigen. Er ist ein großer, plumper, dunkelhäutiger Knecht, der, ohne den Rücken ein einziges Mal zu strecken, drauflosmäht wie ein Sturmwind, allen anderen ein tüchtiges Stück voraus, indem er offenbar versucht, die Neckereien zu überhören. Aber sie wollen ihn wütend machen. Sie wollen ihn soweit bringen, daß er, um seinen Mut zu kühlen, wie gewöhnlich, wenn er gereizt wird, irgendeinen großen, schweren Gegenstand gegen sie schleudere. Auf diese Art haben sie ihn dazu gebracht, das Tabakmesser zu ergreifen und gegen die Stubenecke zu werfen oder große Steine vom Felde loszureißen. Nach einer solchen Entladung zieht er sich gern weit zurück und spricht nachher tagelang mit niemand. Und wenn er gar nichts in die Finger bekommen und sie auf keine andere Weise von sich fernhalten kann, dann betrachten sie ihn als richtigen Dummkopf und hetzen die kleinen Buben auf ihn, damit sie ihn zum Narren halten können.

Der Hofbesitzer ist sein einziger Beschützer; denn Junnu ist ein tüchtiger Arbeiter, durchaus zuverlässig in allem, wartet die Pferde vorzüglich und füttert hin und wieder das Vieh, um den Mägden zu helfen.

Nun hat das Possenspiel während der Mittagspause an der Feldgrenze wieder begonnen. Junnu ist beim Essen und hat seinen Hut, seine Pfeife und seinen Tabaksbeutel aufs Gras neben sich gelegt – außer beim Essen trennt er sich sonst nie von ihnen.

Wenn er gegessen hat und sich nach seinen Begleitern umsieht, findet er den Hut flott auf einem Baumstumpf hinter sich sitzend und die Pfeife daneben in einen Spalt gesteckt, so, als ob der Stumpf raucht. Dies erregt allgemeinen Jubel, und selbst der Bauer kann sich eines Schmunzelns nicht enthalten.

Ohne ein Wort zu sprechen, nimmt Junnu seinen Hut und seine Pfeife und fragt dann nach seinem Tabaksbeutel, der ihm ebenfalls abhanden gekommen ist.

»Weshalb fragst du uns, frage den Baum!« antwortet man, und das Gelächter wird noch unbändiger.

Doch die Neckerei geht erst recht an, als Tahvo, der Hofknecht, an dem Beutel zieht, der mit einer Nadel an Junnus eigenem Gürtel so befestigt ist, daß er auf dessen Hinterteil baumelt. Er kann sich nicht länger beherrschen, er schlägt hinten aus mit den Händen aus allen Kräften; da aber Tahvo zurückspringt, schlägt er sich an einem Fichtenstamm die Hände blutig. Ein paarmal keucht es in seiner Brust, und seine Nüstern erweitern sich. Aber dann nimmt er seine Sichel und geht hin, um abseits von den anderen allein zu schneiden.

»Er frißt so gierig, daß man ihm die Perücke vom Kopfe reißen könnte, ohne daß er es merkt!« ruft einer hinter ihm.

»Ja, die soll ihm auch einmal genommen worden sein«, antwortet Tahvo.

»So, wie denn?« fragt ein anderer.

»Damals, als er auf Staatskosten verpflegt wurde, im Bezirksgefängnis zu Kuopio!«

»Nun haltet den Mund!« kommandiert der Hofbesitzer und treibt die Leute wieder an die Arbeit.

Aber hier wird das gleiche Gespräch fortgesetzt.

»War denn das ein gutes Werk, daß man ihm Staatsverpflegung verschaffte?«

»Oh, er stahl einen Milcheimer ... er hatte ihn aus einer Bauernhütte hinaus in die Einöde geschleppt und den anderen Banditen gegeben.«

»Wer hat dir das gesagt?«

»Er hat es selbst erzählt.«

»Halt's Maul, du langbeiniger Köter!« ruft Junnu plötzlich zum Erstaunen aller.

»Halt selber dein Maul – Wolfsrücken!«

Junnu hat einen langen Rücken und kurze Beine, das bekommt er immer wieder zu hören.

»Ja, auf diesem Rücken fanden wohl so viele Peitschenhiebe Platz, daß der Stockmeister meinte, er werde kaum mit Prügeln fertig. ›Sollen wir von vorn anfangen?‹ fragte er den Landvogt, und so bekam Junnu zwei Rationen Peitschenhiebe als Zugabe zum Bezirksgefängnis ... aber er gab nichtsdestoweniger keinen Laut von sich ...«

»Gott weiß, ob er sich auch vor einer Kosakenpeitsche nicht ergeben hätte.«

»Nun, das wäre doch möglich, besonders wenn es seinem eigenen Vater eingefallen wäre, ihn damit zu kitzeln.«

Junnu war ein Kind der Liebe, und dies hatte Anlaß zu dem boshaften Gerücht gegeben, Junnus Vater sei ein russischer Kosake, der früher im Dorfe gelebt habe.

»Seht jetzt zu, daß ihr eure Zungen etwas zügelt!« ruft der Bauer streng.

»Herr Jesus, behüte uns!« schreien die Weiber in wilder Angst, und den Männern entfährt wie aus einem Munde ein derber Fluch.

Denn Junnu hat einen riesengroßen Stein vom Felde aufgerafft, ihn hoch erhoben, als wär's eine Rolle Birkenrinde, und wirft ihn mit einem furchtbaren Fluch und vor Grimm verzerrtem Gesicht mitten unter die Schnitter.

Den anderen gelingt es, fortzukommen; aber Tahvo sinkt am Fuß getroffen neben dem Stein in die Knie.

»Er schlägt mich tot, er schlägt mich tot«, brüllt er.

»Unsinn, sei nur vernünftig, er hat nicht mal den Knochen beschädigt«, sagt der Bauer, der mit den anderen Tahvos Fuß untersucht.

»Das Tier. Bindet ihn, haltet ihn fest, ehe er uns entgeht.«

Die Männer springen auf und rennen durch den Roggen gerade auf Junnu los, aber mit einer Bewegung schleudert er sie alle von sich.

»Nun sollt ihr Junnu in Frieden lassen und den Roggen nicht niedertrampeln. Weg hier, und jeder an die Arbeit!«

»Verteidigt der Hofbesitzer noch diesen Wilden, der nicht einmal sieht, was er wirft? Das lag wahrhaftig nicht an ihm, daß er nicht meinen Kopf traf.«

»Dann hättest du es dir selber zu verdanken gehabt. Habe ich dich etwa nicht gewarnt?«

»Ich will nur mein Geld für Schmerz und Schaden haben, und wenn ich es zum Prozeß kommen lassen muß«, brummt Tahvo und humpelt wieder zu seiner Sense hin.

»Ja, ihr könnt ja darüber streiten, wie ihr wollt, aber es gibt eine Grenze für jede Art von Spiel und Neckerei«, sagt der Besitzer, indem er geht.

Aber er kann kaum ein unheimliches Gefühl bemeistern, als er den Stein näher betrachtet, der beim Fall halb in die Erde gedrungen und so groß ist, daß er selbst ihn kaum bewegen kann. Es war doch ein großes Gottesglück, daß er nicht schlimmer traf.

Junnus Augen ist die ganze Welt als eine Menge roter und gelber Streifen erschienen, Feld und Wald schwankten. Aber die Überanstrengung seiner Kräfte bereitet ihm auf einmal Übelkeit, und er fühlt sich so schwach, daß er kaum aufstehen kann. Er setzt sich ein wenig hin, dumm und stumpf, dann erhebt er sich und schreitet davon, hinein in die weite Einöde; er geht, ohne zu wissen, wohin, und er geht, ohne daß er weiß, weshalb. Erst eine gute Strecke Weges weiter, als er einen Zaun erreicht, wird es ihm klar, während er hinüberklettert, daß er nahe daran gewesen ist, einen Mann zu erschlagen, und daß er im Grunde auch, als er den Stein schleuderte, diese Absicht gehabt hat.

2

Die Schnitter sind vom Felde heimgekehrt, haben gebadet, zu Abend gegessen und sind in die Buden gegangen, um zu schlafen. Nur der Hofbesitzer ist noch wach und damit beschäftigt, seine Stiefel zum Trocknen auf den Balken zu stellen, als Junnu in die Stube tritt und, ohne ein Wort zu sagen, sich auf die lange Bank an der Wand setzt.

»Möchtest du vielleicht noch etwas essen?« sagt der Hofbesitzer, aber Junnu äußerte keinen Wunsch danach.

»Ich hätte etwas mit dem Brotherrn zu besprechen« – kommt es endlich heraus, als er sieht, daß der Bauer die Tür schließen will.

»Was mag das für eine wichtige Sache sein, die du auf dem Herzen hast, Junnu?«

»Laßt mich los aus meinem Dienst!«

»Aber was soll das heißen, Junnu? Mitten in der Erntezeit! Und weshalb?«

»Es wird nicht gut kommen mit mir in diesem Hause.«

»Was kümmerst du dich denn um das dumme, böse Gerede? Wir haben doch früher derartige Streitigkeiten beilegen können.«

»Ja, vielleicht ihrerseits; aber mir gibt's keinen Frieden – und ich könnte ihnen leicht ein Unglück antun.«

»Du solltest versuchen, deinen heftigen Sinn ein wenig zu dämpfen; es ist doch grausam, solche Waffen im Kampf zu gebrauchen.«

»Ich kann nicht widerstehen, wenn der Zorn und die Bosheit mir zu Kopf steigen und sie mit ihrem Spott fortfahren.«

Der Bauer steht eine Zeitlang in Gedanken vertieft, dann setzt er sich auf die Bank vor dem Tisch.

»Wenn du und Tahvo miteinander nicht auskommen könnt, so lasse ich lieber ihn gehen.«

»Ich hielte die scheelen Blicke und Spöttereien der anderen doch nicht aus, sie hassen mich ja – wie alle, alle anderen rechtschaffenen Leute.«

»Was sollen die Reden? Du bist kein schlechterer Bursch als die anderen.«

»Der Bauer hörte ja selbst, was sie sagten.«

»Ach, boshafte Erfindung!«

»Es ist doch wahr, was sie sagten.«

»Wegen Diebstahls bist du doch nicht im Gefängnis gewesen?«

»Doch, das bin ich. Ich habe es sonst niemand erzählt als Tahvo letzten Winter auf dem Heuboden, da er vorgab, mein Freund zu sein; aber nun will ich es Euch erzählen, weil Ihr immer so freundlich gewesen seid.«

»Erzähl nur!«»

»Ja, ich werde es Euch erzählen«, beginnt Junnu mit stockender Stimme, schnaufend, als wenn er seine Tränen verschluckt. »Es war so, daß sie mich Bettlerjungen in ihr Netz lockten ... sie stießen mich durch das Fenster, denn sie konnten nicht selbst durchkommen, und zwangen mich, einen Eimer Milch, drei Brote und einen Topf Butter zu stehlen; aber ich kannte sie alle genau, und ich habe sie auch angezeigt. Ja, etwas Schlimmeres habe ich nie getan ... ich habe immer von meinem Eigenen gelebt, aber sie sind mir alle auf dem Nacken, sowohl hier als daheim. – Hunde sind Hunde, sie sind sich gleich in der ganzen Welt.«

»Aber du kannst doch nirgendwo dieser Welt entgehen.«

»Ich könnte ihr aber doch wohl etwas aus dem Wege gehen, wenn Ihr nur helfen wolltet. Ich würde keinen Lohn verlangen, wenn Ihr mir bloß ein kleines Landlos von Eurem Oberfeld überließet.«

»Ein Landlos! Ja, wo sollte denn das sein?«

»Ich habe mir so gedacht in der Richtung nach Kontio-Ödwald zu.«

Da der Bauer kein Wort erwidert, fährt Junnu fort: »Ich habe mir so gedacht in der Richtung, auch bereits einen Ort gewählt – am Ufer des Mustisees –, und Ihr könnt ja die Abgabe bestimmen, die Ihr haben wollt.«

Eigentlich konnte der Bauer nichts dagegen haben, einen ansässigen Arbeiter auf seinem Grunde wohnen zu lassen. Ja, wenn er sich's richtig überlegte, so traf es sich ganz gut, gerade am Kontiowald, bei dem Mustisee, einen Kätner zu bekommen. Er war dessen wohl nicht ganz sicher, aber es war doch eine gewisse Wahrscheinlichkeit dafür vorhanden, daß ... er hatte ja davon in den Zeitungen gelesen. Und wenn der andere nun absolut dahin wollte, dann – ja, weshalb nicht?

»Na, über den Zins werden wir wohl einig werden«, sagt er, und fügt hinzu:»Du gibst mir wohl etwas Bedenkzeit?«

»Am liebsten ziehe ich morgen früh hinaus nach dem Walde – und kann es nicht anders gehen, so stelle ich einen Knecht an meine Stelle.«

Der Bauer sinnt wieder etwas nach und sagt dann, indem er sich erhebt:»Nun, so wird man sich dir wohl fügen müssen, weil nichts anderes hilft. Die Bedingungen können wir ja später immer mal näher festlegen.«

Junnu bleibt drinnen in der halbdunklen Bauernstube sitzen.

Lange hatte er sich mit diesem Gedanken getragen. Je älter er geworden war, desto schwerer konnte er den Hohn und die Herzlosigkeit der Menschen ertragen, und desto schmerzlicher fühlte er, wie sie alle gleichsam gegen ihn verbündet waren. Er hatte angefangen, Mißtrauen gegen alles in der menschlichen Natur zu hegen, gegen die Worte und gegen die Handlungen der Menschen. Er hatte das Gefühl, als ob alle mit Fingern auf ihn zeigten, wo er auch sein mochte, ob daheim oder im Dorfe. Er hatte versucht, die Menschen für sich zu gewinnen durch Freundlichkeit, gute Worte und tatkräftige Hilfe, wo sich nur die Gelegenheit bot. Aber sie hatten ihn alle zum Narren gehalten, so wie eben Tahvo, dem Junnu seine ganze Lebensgeschichte anvertraut hatte. Wenn die Männer den Tabak, den er von der Stadt mitgebracht hatte, geraucht und die Mädchen das Zuckerzeug, das er gekauft, gegessen und den Kaffee, den er gekocht, getrunken hatten, waren sie gleich wieder bereit, ihn wegen seines Äußeren auszulachen und seine Ungelenkigkeit und Dummheit zu verspotten. Und das alles ohne andere Absicht, als ihn in eine grenzenlose Raserei zu bringen, ihn zu einer Tat zu reizen, die ihn von neuem in Ketten und Banden und in den Kerker bringen mußte. Darauf lauerten sie alle, um seine Spargelder in die Finger zu bekommen, die er, wie sie wußten, bei der Holzflößerei sich verdient hatte.

Alle hatten versucht, ihn zu hintergehen, alle waren sie ihm auf dem Nacken, und die Feinen an der Spitze.

»Wenn du bekennst, sollst du gut davonkommen«, hatte der Landvogt ihm damals vor Gericht gesagt. Aber er log, der Mann. Als er bekannt hatte, verurteilten sie ihn auf der Stelle zu Peitschenhieben. Wären seine Hände damals nicht gehörig gebunden gewesen, so hätte er den Mann am Richtertisch erwürgt.

Ja, wahr war es, was die anderen Gefangenen gesagt hatten, daß in dieser Welt der Arme nie sein Recht bekommt, wie es nun auch im Himmel damit sein möge. Sie säßen fett und gut, all die feinen Herren des Staates, und die Kleinbauern seien nur ihre Handlanger und Sklaven, sie wären nur so eine zusammengewürfelte Schar, ohne Ansehen der Person!

Der Pfarrer hatte doch damals seinen harten Sinn geschmolzen. Er sagte und versicherte, daß jeder, dem sein Urteil geworden und der ehrlich seine Strafe ausgestanden habe, ebensogut sei wie alle anderen, die keine Erlaubnis hätten, ihn zu quälen und zu plagen – frei könne er Pate und gerichtlicher Zeuge sein. Aber gelogen hatte er auch, dieser Pfarrer. Erst nachdem er aus dem Gefängnis herausgekommen war, fingen die Leute an, ihm recht im Ernst das Leben fast unerträglich zu machen. So konnte es ja freilich wahr sein, was der Pfarrer gesagt hatte, daß wenn er nicht für Menschen tauge, so tauge er doch für Gott – aber er verstand das alles nicht und konnte es nicht zu Ende denken; sooft er damit begann, rauschte es im Kopfe, und der Sinn verwirrte sich, so daß er nichts begriff.

Soviel war ihm aber jetzt klar, daß er fort mußte, fort von ihnen allen, fort für alle Zeit. Er wollte in die Einöde flüchten, sich wie ein Bär in seiner Höhle verbergen. Dann konnten sie sehen, die Hunde, ob sie kommen dürften, um sich mit ihm herumzubeißen.

Er erhebt sich heftig und geht hinaus – nicht einmal diese Nacht möchte er am gewohnten Orte bleiben.

Er nimmt seine Sachen aus der Schlafbude, steckt ein Brot in die Birkenrindentasche und schleicht aus dem Hofe, ohne daß ihn jemand sieht. Er entfernt sich bald von der Landstraße und begibt sich auf einen wenig betretenen Nebenpfad.

Er folgt dem Zaun der Pferdeweide, und hart daneben weidet drinnen Junnus rotbrauner Namensgenosse. Für ihn hatte er immer gut und zärtlich gesorgt, nun wiehert er ihm zu, als er seine Tritte in der Ferne hört. Er bleibt ein wenig neben ihm stehen, streichelt zärtlich seinen Hals, plaudert mit ihm und läutet eine Weile mit seiner Glocke. Das war sein einziger Freund, der einzige, der ihm nie ein verletzendes Wort zugerufen und in dessen Auge er nie versteckten Spott gelesen hatte.

3

Es ist ein Sonntagvormittag, da Junnu in seine Einöde hinauszieht. Während alle anderen in der Kirche sind, ist er drüben beim Bauern gewesen, ohne daß ihn jemand gesehen hat. Er hat für seine Ersparnisse seinen rotbraunen Freund erstanden, und man ist mündlich übereingekommen, daß Junnu zehn Jahre nacheinander das Feld bebauen soll nur gegen Zahlung des Zehnten von der Saat. Überdies hat sich der Hofbesitzer ausbedungen, daß wenn es Junnu in den Sinn kommen sollte, unter die Leute zurückzukehren, alle Gebäude auf dem Landlos dem Hofe gehören sollten.

»Jawohl, zu den Leuten zurückkehren, wenn man ihnen erst glücklich entronnen ist!« Junnu lacht vor sich hin, während er sein Pferd am Zügel führt, aufzusitzen bringt er nicht übers Herz, und dringt tiefer und tiefer hinein in den Ödwald.

Recht dumm von ihm, daß er nicht schon vor langer, langer Zeit diesen Traum verwirklicht hat! Aber wie hätte er auch ahnen können, daß es trotzdem einen Menschen in der Welt gab, der ihn nicht beiseite stoßen und betrügen wollte! Und den Grund zehn Jahre ohne Zins, ohne kleinliche Knauserei oder sonstige Forderungen hinzugeben – ja, diesem Manne wollte er dankbar sein, zehnfach dankbar, freiwillig wollte er ihm alles bringen, was er über seinen Bedarf aus dem Lande zog. Und indem er an alle diese Güte denkt, schmilzt sein Sinn, sein Unterkiefer bebt, und er muß sich mit der runzligen Hand eine Träne aus dem Auge wischen.

Er wandert schnell die wilden, grasbewachsenen Viehpfade dahin, die sich ohne Unterbrechung längs des Randes der Sümpfe und des Saumes der Wälder dahinziehen, wo kaum andere Menschen den Fuß hinsetzen. Er klettert auf den Rücken einer hohen Felskuppe, von wo er nichts sieht als einen endlosen, gelb werdenden Herbstwald und schlafende Sümpfe hinter jedem Waldvorsprung. Die Welt der Menschen ist weit fort, wohin man auch die Blicke wenden mag, hinter den Hügeln hört man keinen Laut, steigt kein Rauch als Zeichen menschlicher Wohnungen. Aus weiter, weiter Ferne klingt von Zeit zu Zeit das Anschlagen eines Jagdhundes, und ein Schuß hallt dumpf in vielfältigem Echo durch die Wälder.

Aber die Jäger gehen ihre eigenen Wege, sie kommen nicht, um ihn zu stören.

Aus Vorsicht zupft er einen Büschel Moos und stopft es in die Glocke des Wallachs, als er wieder weiterwandert.

Aber nicht einmal daheim in seiner Hütte erhält seine Seele Frieden. Wochen hindurch peinigt ihn die Unruhe und die Furcht, daß die »Welt« ihn vielleicht auch in diesem Versteck finden werde, daß die Spötter ihn aufsuchen, in Scharen kommen werden, um ihn dort zu vertreiben. Vielleicht würde Tahvo seine Drohung verwirklichen und wegen seines Mordversuches zum Richter gehen.

Und den ganzen Herbst hindurch wird er von diesem Gedanken gepeinigt.

Seine Hütte steht in einer Talsenkung am Ufer des Sees mitten zwischen zwei hohen Hügelzügen. Nahe an der Stelle, die er sich gewählt hatte, stand schon von alters her eine halb eingestürzte Waldhütte, die einst gebaut worden war, um den Köhlern ein Obdach für die Nacht zu bieten. Er hat deren Dach ausgebessert und wohnt so lange in ihr, wie er an seiner Hütte baut. Wenn die erst fertig ist, will er die Waldhütte als Stall benutzen.

Schon während er Balken und Schindeln zimmert, dünkt ihm hie und da, als höre er deutlich Schritte drinnen im Dickicht des Waldes und sehe jemand sich zwischen den Stämmen bewegen. Er hält inne mit dem Hämmern und späht wie ein entlaufener Sträfling nach seinen Verfolgern, regungslos und mit verhaltenem Atem. Besonders während des Sonntags ist ihm bange vor Besuchen, und der Sicherheit halber geht er fort, schon am frühen Morgen, in den Wald hinein, mit seinen Netzen und Jagdschlingen. Wenn er sich dann später, nach Anbruch des Abends, seiner Hütte nähert, schleicht er wie ein Dieb in sein eigenes Haus, spähend, horchend, ehe er es wagt, in die Stube zu treten.

Aber niemand kommt. Und als der Schnee fällt, hat Junnu ein Dach auf seiner Balkenhütte.

Am Allerheiligentag heizt er zum erstenmal den neuen Ofen.

Es flammt auf dem Herd, das brennende Holz knistert gleichsam vor Freude, und der Rauch zieht dicht von Wand zu Wand unter dem Dach. Junnu hat sich, so lang er ist, auf die Bank gestreckt, raucht seine Pfeife und starrt in das Feuer.

Nun hat er doch ein eigenes Dach über dem Kopf und eigene Wände zum Schutz. Nun hatte er eine Stätte, eine Freistätte; hier hatte er das Recht, jeden fortzuweisen, der sich etwa eindrängen wollte, um ihn zu stören. Er braucht sich vor niemand mehr zu bücken oder jemand zu Gefallen sein.

Wäre nun bloß noch seine alte Mutter am Leben gewesen, so daß er sie hierher hätte führen können, kommt ihm plötzlich in den Sinn. Jahrzehntelang hatte er sie vergessen, ja, sich ihrer nicht erinnern wollen. Sie war, wie er, in der Welt geächtet gewesen und hatte niemals ein eigenes Dach über dem Kopfe gehabt. Sie war tot, von Verleumdung geschändet, verhöhnt und getreten von den Menschen und in die Erde gesenkt worden in jenem Hungerjahr in einem ungehobelten Sarg unter einem Haufen anderer, und kaum war mit der Kirchenglocke bei ihrer Beerdigung geläutet worden ...

Er war so rauh und hart mit ihr gewesen, während sie lebte; aber sie hatten ihn ja ins Gefängnis geführt und Mutter und Sohn mit Gewalt getrennt.

Und als er endlich wieder herausgekommen war, waren beide verhöhnt und verspottet worden:»Sieh, da kommt die Dirne mit ihrem Sohn! Jannas Junnu, der Bankert! Jannas Junnu, der Bankert!« Von dieser Stunde an begann er sich seiner Mutter zu schämen und sie sich seiner. Und beide machten große Umwege, bloß damit sie sich nicht trafen.

Aber als es mit ihr zu Ende ging, schickte sie einen Boten und bat ihren Sohn, zu kommen und mit ihr zu sprechen. Junnu war damals beim Holzfällen und schämte sich, zu ihr zu gehen; denn die Botschaft kam so, daß alle sie hörten. Bald erschien ein anderer Bote, ob er nicht kommen und dafür sorgen wolle, daß seine Mutter ehrlich beerdigt würde.»Mögen sie selbst die beerdigen, die beerdigt werden sollen!« antwortete er und ging nicht.

Aber das alles hätte anders sein können ... Und wenn auch seine Mutter auf andere Weise hätte leben können, so peinigen ihn doch jetzt diese Gedanken. Und um diese Erinnerungen zu vertreiben, geht er schnell hinaus, um Weidenbänder an den Schlitten zu binden, um sich auf den Winterweg vorzubereiten und sich für die Frachtfuhre zu rüsten, wodurch er Geld verdienen wollte, um sich eine Kuh anzuschaffen. Er hätte Arbeit erhalten können mit dem Fahren von Stöcken am anderen Ende seiner Gemeinde. Aber dort würde er ja wieder mit jenen Menschen zusammengetroffen sein, denen er gerade entgangen war.

Er fährt nach der Stadt im Nachbarkreise und vermietet sich dort für Frachtfuhren nach dem Kirchdorfe und der Umgegend.

Den halben Winter tummelt sich Junnu herum, ganz drunten am Meeresstrand mit Kaufmannswaren nach dem Innern des Landes.

Keine Seele kennt ihn dort, und niemand fragt ihn, was es mit ihm sei. Aber gleichwohl weicht er den Höfen aus, als wäre es in seiner eigenen Gegend, fährt um die größten Flecken herum und läßt die anderen Fuhrleute weit hinter sich.

Wenn kein harter Frost oder kein Schneegestöber ist, speist er am Wegrande und sucht nur Obdach für die Nacht seines Pferdes wegen. Von den Fenstern, Hofräumen und Kreuzwegen begafft man ihn, lacht über ihn, und man verhöhnt ihn – und um Rast zu halten, nimmt er stets seine Zuflucht zu langen, häuserlosen Landzungen. Hier ist er ganz allein, ganz für sich mit seinem Pferde, mit welchem er sich stundenlang unterhält, das er liebkost und dem er bei der schwierigsten Arbeit Hilfe leistet dadurch, daß er mit Hilfe eines langen Taues sich vorn am Schlitten einspannt und die Anhöhen hinauf mitzieht.

Aber seit der Weihnachtszeit beginnt die Straße belebter zu werden, und Marktleute fahren von Stadt zu Stadt.

Und einmal, als er sich mit seiner Last über eine steile Anhöhe schleppt, kommt ihm ein Schlitten mit Herren in großen Pelzen mit roten Gürteln gerade entgegen. Wie sie fast neben ihm sind, schreien sie, daß er aus dem Wege gehen solle. Aber bevor er seinen Schlitten zur Seite drehen kann, haut einer der Herren auf dem anderen Schlitten mit einer ellenlangen Peitsche Junnus Wallach mit aller Kraft über den Rücken. Junnu fährt in voller Raserei aus dem Schlitten, vergißt sein Pferd, das erschreckt in vollem Galopp davonjagt, reißt einen Pfahl aus dem Zaun und setzt den Herren nach.

Sie jagen davon, was das Pferd laufen kann, aber auf dem nächsten Hügel holt er sie ein, und mit der Kraft der Erbitterung schmettert er den Pfahl gegen den Schlitten. Die darin sitzen, haben gerade so viel Zeit, ihre Köpfe zu ducken, der Pfahl zerspringt in zwei Stücke am Vorderbrett, und Junnu bleibt schnaufend vor Wut hinter dem Schlitten stehen.

Als er zurückgekehrt, findet er seinen Lastschlitten neben dem Wege hinter dem anderen Hügel und das Pferd schaumbedeckt und zitternd mit der Schlittenstange auf dem Rücken. Mit geballten Fäusten und schluchzend vor Wut brüllt er Worte von Rache und Verderben den Fahrenden nach, hinaus über die stille Landstraße, und sein Zorn legt sich nicht, ehe es ihm einfällt, daß es doch ein wahres Glück sei, daß er nicht dazu gekommen, einen Totschlag zu begehen. An dem nächsten Rastort, an dem er einkehrt, für sein ermattetes Pferd zu sorgen, vernimmt er, daß die Herren im Hof gewesen sind und gewiß Eisenbahningenieure gewesen seien. »Sie mögen acht geben, die Schufte, daß sie mir nicht noch einmal in den Weg kommen!«

Aber er will fort von den Straßenräubern und Beutelschneidern, er fängt an, Bedauern zu empfinden über die Arbeit und Anstrengung seines Pferdes. Und da der Verdienst gut gewesen ist und er kein Verlangen nach mehr trägt, kehrt er nach Hause zurück, stets Kirchdörfer und bebaute Stellen meidend, er reist nach Hause, und auf dem Boden des großen Schlittens liegt eine junge Kuh, die er aus seinen Ersparnissen bezahlt hat.

Er hat sie sorgfältig in Felle und Matten eingehüllt und sitzt selbst auf dem Vorderbrett des Schlittens. Es ist ihm, als ob es ein Menschenkind wäre, das dort liegt und ihn mit seinen großen, hellen Augen anstarrt, wenn er sich hin und wieder umkehrt, um sie zu streicheln. Er ist in guter Laune, singt leise und lächelt still über seine Gesellschaft und träumt mit glücklichem Herzen, je mehr er sich seiner Heimat nähert. »Nun ist weder Not noch Sorge zu fürchten, Pferd, Kuh und eigene Hütte, nein, es ist keine Not zu befürchten ... keine, gar keine!«

Als er das Haus erreicht, ist es fast ganz in Schneewehen begraben, hier ist für niemand Weg, nicht eine einzige Menschenspur, nur Hasen und Feldhühner sind auf dem Hofplatze umhergetrippelt.

4

Für Junnu beginnt eine frohe Zeit, die langen Tage im Vorfrühling hat er mit eigenen Arbeiten vollauf zu tun. Er hackt Holz, fährt Heu heim und Balken für seine neuen Gebäude, seinen Viehstall und seinen Schuppen.

Seine gute Laune wird aber eines Morgens gestört, als er auf seinem Wege nach dem Walde von Ödfeldern Axtschläge hinüberhallen hört. Es muß wohl ein Holzhauer sein, aber er wollte ihn auf keine Weise in seine Hütte lassen.

Und er kommt auch nicht hinein, es scheint, daß er mit seiner Fuhre nach der Stadt auf dem anderen Seeufer fährt. Und er kehrt auch während vieler Tage nicht zurück. Aber eines Tages, als Junnu, aller Sorgen wieder ledig, in seinem Schlitten sitzt, fährt derselbe Mann an ihm vorüber, in den Wald hinein; aber er spricht kein Wort, da Junnu, ohne seinen Mund aufzutun, mit abgewendetem Gesicht an ihm vorüberfährt. Das Pferd stammt aus dem Hofe des Bauern, Tahvos früheres Fuhrpferd, der Kutscher aber ist ein fremder Mann.

Viele Tage kommt und verschwindet der Mann in derselben Weise. Es hat nicht den Anschein, als wolle er Junnu stören, es mag wohl ein neu angekommener Knecht sein, brav und fleißig, und als sie einander wieder begegnen, hält Junnu sein Pferd an, steckt seine Pfeife in Brand und beginnt mit dem Manne zu plaudern. Tahvo, so vernimmt er, soll zur Frühlingszeit in den Dienst der Krone, beim Eisenbahnwesen, da der Herr ihn nicht behalten mag und weil sie sich über den Lohn nicht einigen können. Junnu findet Gefallen an dem Fremden, er ist fast höflich gegen Junnu, wundert sich über den nicht großen Verdienst, von dem Junnu erzählt, und so wird dieser gesprächig und plaudert fröhlich über vieles andere, von seinen neuen Gebäuden, der Bude und dem Viehstall. Er bittet den Fremden, mal vorzusprechen, wenn sein Weg wieder vorüberführt. Der Knecht kommt, dankt, bewundert und spricht zu Junnu wie zu einem Meister, und wie sehr Junnu sich auch anstrengt, er kann doch nicht einen einzigen spöttischen Schimmer in den Augen des Knechts entdecken.

Eines schönen Sonntags kommt der Hofbesitzer selbst hinüber, Junnu zu begrüßen. Er sagt, er habe heute seine eigenen Sachen ruhen lassen, um herauszukommen; er hätte befürchtet, daß Junnu für Zeit und Ewigkeit da draußen in den Schneewehen begraben säße. Junnu kocht Kaffee und bietet Tabak vom Kirchdorfe, und auch er, der frühere Bauer, lobt die ganze Einrichtung.

»Ja, du wirst es wahrhaftig noch zu einem ganzen Hofe bringen, da du einen solchen guten Grund gelegt hast«, sagt er.

Und sie schwatzen zusammen über Junnus jungen Ackerbau und beraten sich, wo sich das Saatfeld und die Wiese am besten anlegen ließen, der Bauer rät, den Acker auf der ganzen Seite des Grundes zwischen dem Hause und dem See aufzubrechen. Junnu ist der Meinung, daß man etwas weiter ab besseres Ackerland fände; aber der Bauer wendet ein, daß der beste Acker immer derjenige sei, der dicht vor den Fenstern liege.

›Sollte wirklich auch ich einmal zu der Würde und dem Ansehen des Bauern kommen, sollten die anderen wirklich einmal gezwungen werden, mich als‹ richtigen Menschen zu behandeln?‹ denkt Junnu, als der Bauer weggefahren ist.

Und beim Frühlingsanfang eilt Junnu noch eifriger an die Arbeit, hingerissen von seinen stolzen Träumen. Er fällt ein großes Stück Wald auf der Südseite eines Hügelabhanges. Er umzäunt einen kleinen, abgebrannten Laubwald, pflügt Land zum Acker und rodet und richtet unten am See eine Wiese ein. Seine glücklichsten Tage sind die Sonntage. Diese genießt er in Gesellschaft seines Pferdes! Er trabt mit ihm dahin über Felder und Moor, er setzt sich bei ihm hin mit der abgebrannten Pfeife, streichelt es und plaudert mit ihm und bietet ihm kleine Leckerbissen, Brot und Salz, das er in seiner Tasche mitgebracht hat.

Die Sprossen seiner Frühlingssaat schießen in kräftigem Grün empor und schwellen saftig und gesund aus. Und wenn er sie betrachtet und über das neue Leben nachdenkt, das er jetzt führt, so drängen sich ihm die Tränen ins Auge, und sein Kinn bebt.

Aber gerade in solchen Augenblicken befällt ihn eine grundlose, unverständliche Angst, eine Angst davor, es könne etwas geschehen und sein Glück zerstören und zerschmettern. Er sucht bangen

Ahnungen bestimmte Formen zu geben. Einmal im Schlaf dünkt ihm, daß die unbekannte Gefahr wie eine schwarze, bleischwere Wolkenwand gegen ihn heranziehe, über die Felder donnernd und polternd, das Dach vom Hause reißend und ihn selbst kopfüber zu Boden werfend. Er denkt über den Traum nach, grübelt über dessen Bedeutung und über die Mittel, einem kommenden Unglück vorzubeugen.

Wenn nur der Bauer nicht aus irgendeinem Grunde ihm zürne und er ihn nicht vertreibe; denn ein schriftlicher Vertrag sei ja nicht vorhanden. Er will den Acker dort anlegen, wo der Bauer vorgeschlagen hat, vielleicht wird er dort ebensogut, wenn er auch etwas schwerer anzulegen ist.

Oder vielleicht will der Pastor von ihm den Zehnten haben, da er doch jetzt eine Kuh hält, oder er wird ihm gram sein, weil er niemals in die Betstunde oder zum Abendmahl kommt. Und vielleicht würde der Staat durch den Lehnsmann die Steuer eintreiben lassen?

Und er geht zum Pfarrer, schenkt einen ganzen Kübel Butter und bittet, in die Beichte kommen zu dürfen, und meldet sich zum Abendmahl.

Auf der gleichen Schlittenfahrt ordnet er seine Kronsteuer, er bezahlt seinen Anteil im voraus an den Schreiber des Kronvogtes.

Nun sollte aber kein Lebendiger ihn wieder stören können, weder Himmel noch Erde habe jetzt ein Recht, ihn zu verfolgen, denkt er, als er in der Abenddämmerung den Heimweg antritt.

Gern hätte er selbst mit Tahvo Aussöhnung gesucht, hätte er nur gewußt, wo dieser zu finden wäre. Aber vielleicht hat jetzt dessen Erbitterung etwas nachgelassen, da er noch gar keine Feindseligkeit gezeigt hatte.

Und all seine Furcht ist nahe daran, zu verrauchen, als er wieder an die Mutter denken muß. Wenn nun der Gemeinderat anfangen sollte, über ihren Unterhalt mit ihm zu prozessieren, wenn man erst dahinterkäme, daß er Pferd und Kuh halte.

Oder angenommen, Gott der Herr selbst würde ihn seinen Zorn fühlen lassen, weil er so herzlos gegen sie gewesen war, solange sie lebte, und nicht einmal fürs Glockenläuten gesorgt hatte, als sie starb.

Er kehrt um und fährt zum Gemeindevogt, spricht mit ihm und schenkt mehrere Mark für die Kasse der Armen, da man nicht mehr in anderer Weise eine Rückzahlung annehmen will, und dann geht er zum Tischler im Kirchdorf und bestellt bei ihm ein Kreuz für das Grab seiner Mutter.

Das gibt ihm Ruhe. Jetzt, so meint er, müßten er und die böse Welt ihre Differenzen erledigt haben. Jetzt kann doch niemand mehr Gewalt über ihn erlangen oder irgendwie einen Grund finden, ihn zu überfallen. Ja, vielleicht haben sie nicht einmal die Absicht.

Er merkt es ordentlich, wie sein Sinn milder gegen sie geworden ist, er will nicht mehr an seine bösen Ahnungen glauben, wenn sie sich zuzeiten wieder hervorwagen.

5

Zwei Jahre hat Junnu in seiner Hütte hinter Einöden und Sümpfen gelebt, und niemand hat ihn gestört.

Aber als er im dritten Frühling am Ufer des Sees sitzt und fischt, hört er einen fremden Laut drinnen aus der tiefen Wildnis. Es ist wie der ferne Klang einer Axt und dann wie das Krachen eines fallenden Baumes. ›Aber wer wird doch zu dieser Jahreszeit Holz fällen?‹ fragt er sich ein wenig seltsam berührt. Er lauscht schärfer und ist nun sicher, daß da drüben viele Männer mit dem Fällen von Bäumen beschäftigt sind. Der Wald widerhallt den ganzen Tag, und am folgenden Morgen vernimmt er ganz deutlich, daß der Lärm sich ihm genähert hat. Am Morgen des dritten Tages schleicht er sich hinter der Hütte hinauf auf den Felsrücken und sieht eine große Fichte über dem Wipfel des Waldes wanken und fallen. Und kaum hat er einen Atemzug getan, da fällt schon wieder ein anderer neben der vorigen. Er überlegt lange, ob er hingehen und sich Klarheit darüber holen soll, was dort vorgeht und wer ihm von dieser Seite sich nähert.

Er grübelt darüber, während er über den Hofplatz geht, während seiner Arbeit, während er ißt, und grübelt noch, als er sich zur Ruhe niederlegt. Und weil aus diesem Grunde kein Schlaf über seine Augen kommt, steht er auf und begibt sich auf den Weg dorthin, woher er die Axtschläge und Männerstimmen vernommen hat.

In dem Walde ist keine einzige Seele; aber die Bäume sind gefällt, ein Baum liegt neben dem anderen in schnurgeraden Reihen, und abgeschälte Stöcke sind als Merkmale in den Boden gesteckt.

Aber die Lichtung lief ja gar nicht neben der Losgrenze seines Bauern! Dieser Wald gehört doch wohl seinem Hofbesitzer? Ob er wohl das Waldland verkauft hatte? Würde Junnu vielleicht einen Nachbarn bekommen?

Aber wie er eine kleine Strecke längs des Aushaues dahingeht, sieht er, daß derselbe, den Felsvorsprung umgehend, sich dem Rand des Sumpfes entlang weiter hinauszieht, in einer immer schnurgeraden Linie so weit, als der Blick reicht. Junnu kehrt in seine Hütte zurück, liegt lange wach in bangem Zweifel, bis die

Sonne aufgeht, kann aber keine Klarheit erlangen. Die Arbeit geht schlecht, stets will er horchen, und immer hört er den Lärm sich nähern, bis er am Sonnabendmittag aufhört.

Am Sonntag geht er wieder bis an die Linie heran. Sie ist ein großes Stück näher gekommen und scheint sich nach dem Tal zu ziehen, die Mündung gerade seiner Hütte zugekehrt.

Und als er Montag morgen zur Frühstückszeit von dem Einzäunen der Waldwiese zurückkommt, hört er die Axtschläge ganz in der Nähe, hinter dem Feld am Waldvorsprung.

Es wird gesprochen, die Äxte fällen, und plötzlich stürzt eine große Tanne über die Waldgrenze heraus, und im gleichen Augenblick treten zwei Männer über diese hervor. Als sie die Feldgrenze entlang gegen den Hof zugelaufen kommen, verzieht Junnu, der bisher unbeweglich an einer Ecke der Hütte saß, das Gesicht, verbirgt sich in seiner Stube und schlägt die Tür zu. Aber als er sich nicht enthalten kann, durchs Fenster zu gucken, sieht er die Herren mitten auf dem Felde beschäftigt, ein sonderbares dreibeiniges Ding aufzustellen, mit dem sie zuerst nach dem Walde und dann gerade nach seiner Hütte zielen, gleich als wollten sie ihm quer durch die Scheibe ins Auge schießen.

In diesem Augenblick geht jemand am Fenster vorüber, faßt die Türklinke, und Tahvo tritt ein. Er reicht Junnu freundlich die Hand, setzt sich auf die Bank und sagt: »Ich bringe dir heute seltene Gäste, Junnu!«

»Was für Leute sind denn das?« fragte Junnu.

»Es sind Ingenieure.«

»Was haben sie hier zu tun?«

»Wir wollen eine Eisenbahnlinie eröffnen.«

In diesem Augenblick traten die Herren in die Stube.

»... Tag ... Tag«, sagten sie überlegen. »Na, hier ist wohl ein kleines Bauernwesen, obschon wir keine Ahnung davon gehabt haben. Seid Ihr der Hausherr?«

»Ja, er ist beides, Hausherr und Hausfrau, er baut das Feld und sorgt zugleich auch für das Vieh«, erklärt Tahvo, während Junnu steht und sich an dem Ofen zusammenduckt und die Fremden anstarrt, ohne zu wissen, was er davon denken soll oder was das für Leute sind und was sie hier wollen, und dennoch dünkt es ihn, als ob er die Gesichter von früher her kennen müsse.

Die Herren, zwei junge Ingenieure, nehmen die Hütte in Besitz, als gehöre sie ihnen, werfen die Überröcke ab, legen ihre Sachen auf Bänke und Bretter, und Tahvo stellt den Korb mit Mundvorrat auf den Tisch.

»Können wir hier etwas Milch bekommen?« fragen sie.

»Geh hinaus und schaffe etwas Milch für die Herren«, fordert Tahvo auf.

Junnu gehorcht instinktmäßig. Er gießt mechanisch die Milch aus dem Kübel in die Kanne, und als er damit aus der Bude zurückkehrt, wirft er einen Blick hinüber, nach dem gefallenen Baumriesen und nach dem seltsamen dreibeinigen Ding auf seinem Felde, das noch immer dasteht und nach seinem Haus zielt – und bringt dann die Milch in die Hütte zu den Herren.

Wieder stellt er sich neben die Ofenbank, betrachtet seine Gäste und raucht krampfhaft aus seiner Pfeife.

Als die Herren gegessen haben, erzählt ihm Tahvo, daß eine Eisenbahnlinie hier durch die Gegend gelegt werden solle, daß man daran sei, sie zu öffnen, und daß zum Herbst die Arbeit beginnen solle.

»Sie wird hier durchführen diesen Weg, gerade in dieser Richtung, wie durch die Hütte geschossen.«

»Durch die Hütte?« preßt Junnu endlich hervor.

»Ja, Ihr werdet ein wenig Platz machen müssen«, sagt einer der Herren.

»Dein Feld und deine Wiese mußt du anderswo anlegen.«

»Anderswo anlegen?«

»Ja, ja, eben, hier hilft kein Maulspitzen, wenn der Staat befiehlt.«

»Der Staat befiehlt?«

»Ja, wenn er befiehlt, so hat man nur zu gehorchen.«

Tahvo sieht aus, als ob er spotten wolle, seine Augen leuchten vor Schadenfreude, und ratlos betrachtet Junnu abwechselnd ihn und die Herren. Ja, sicher waren das die gleichen Herren, die im vergangenen Winter sein Pferd gepeitscht hatten. Wenn sie nur nicht mit anderen Absichten gekommen waren, wenn sie nur nicht mit Tahvo im Bunde steckten.

Ohne daß ihn Junnu fragt, erzählt Tahvo, daß er als Gehilfe dieser Herren gerade aus dem Städtchen gekommen sei. Es seien mehr Leute, etwa zwanzig, die an der Eröffnung dieser Linie weiter entfernt im Walde drüben arbeiten, und die Arbeit wird gut bezahlt, drei Mark täglich bei eigener Kost – und wenn erst richtig die Arbeit beginnt, hat man ihm für die ganze Dauer Beschäftigung versprochen. Es sei doch keine Arbeit so reell wie diejenige des Staates. Ja, und wenn man ein Pferd hätte, so könnte man erst recht Geld verdienen.

»Aber du hast ja ein Pferd? Du kauftest ja den alten Wallach ...«
Junnu antwortet nicht.

»Und eine Kuh hast du noch obendrein. Für ihre Milch kannst du tüchtig Geld bekommen, wenn die Arbeit hier drinnen im Ödwald einmal beginnt ... und sie dauert wohl lange. Vielleicht gehst du auch in den Dienst des Staates?«

»Nein, dazu habe ich keine Lust.«

»Es könnte doch sein, daß du dazu gezwungen würdest, wenn sie dir das beste Land nehmen und dein Gebäude der Eisenbahn wegen niederreißen lassen.«

»Aber wenn ich es nun nicht niederreißen lasse?«

»Sie müssen es niederreißen; denn sie dürfen von der einmal festgesetzten Richtung nicht abweichen. Sie haben größere Höfe als den deinigen niedergerissen. Sie weichen niemals aus, außer vor Kirchen.«

Junnu will sich auf keinen Streit einlassen. Man weiß ja doch nicht, welcher Art die sind ...

Als die Herren gegessen haben, machen sie sich zum Gehen bereit; sie werfen einige Geldstücke für die Milch auf den Tisch und gehen aufs Feld zu ihrem Apparat, den sie jetzt mitten auf dem umzäunten Platz aufstellen. Tahvo steckt einen Pflock an jener Stelle in die Erde, wo die Maschine gestanden hat, einen anderen in den Hof und einen dritten neben den Wald am anderen Ende des Feldes. Die Herren rufen Junnu zu, als sie gehen, daß es unter Strafe verboten sei, diese Pflöcke auszureißen, und verschwinden im Walde.

Als sie fort sind, kommen andere Männer mit Äxten, auch sie gehen quer über das Feld und über den Hofplatz. Sie sehen Junnu nicht, der in seinem Hause wie gelähmt sitzt und ihnen nachstarrt, und bald fangen sie an, im Wald auf der anderen Seite Bäume zu fällen.

Erst als sie alle verschwunden sind, fängt Junnu nach und nach an zu begreifen, was geschehen ist.

Spaßeshalber könnten sie nicht so zahlreich gekommen sein. Vielleicht waren sie doch Eisenbahnarbeiter ... vielleicht war die Drohung war, daß man die Bahn hier durch und gerade mitten durch sein Haus führen ... alle seine Gebäude niederreißen und seine Felder verderben würde ... vielleicht kamen Hunderte von Arbeitern hierher, er und alles, was er besaß, würde unter die Füße getreten – er würde wie mitten in einem Dorfe stehen.

Die Wahrheit wird ihm plötzlich wie mit einem Donnerschlage klar, eins nach dem anderen versteht er, es ist ihm, als ob Stein um Stein auf seinen Kopf fiele.

Er soll also fort? Wieder hinaus und bei fremden Leuten die Erde treten? – Aber er räumt den Platz nicht! Er rührt sich nicht von der Stelle! Sie sollen nur wagen zu kommen, sein Birkenknüttel soll krachend auf den Schädel eines jeden niederfallen.

Das Blut steigt ihm zu Kopfe. Ohne ihn um Erlaubnis zu fragen, haben sie seinen Wald gefällt und seinen besäten Acker zerstampft. Und als sie an seinem Tische saßen, wie prahlten sie so tölpelhaft und hochmütig damit, die Hütte über seinem Kopfe niederreißen zu wollen. Warum hatte er ihnen nicht das Schüreisen um die Köpfe gehauen? Warum hatte er ihnen nicht einen Abschiedsgruß gegeben, daß ihnen die Lust am Wiederkommen vergehen sollte? Aber er kann sie noch einholen... Er ist schon im Begriff, ihnen nachzusetzen, hält aber wieder inne...

»Nein, nicht auf diese Weise... nicht durch Faustkampf oder Gewalt. Das war ja gar nicht nötig. Er hatte ja das Recht auf seiner Seite. So sollten sie sich nur heranwagen! Sie konnten ja den Kampf beginnen. Er fürchtete sich nicht vor der Regierung oder deren Handlangern.

Er geht hinaus zu den Stäben, die sie eingesteckt haben, reißt sie aus der Erde und wirft sie in den flammenden Ofen.

6

Zur Herbstzeit aber ist die Eisenbahnarbeit rings um Junnus Hütte in vollem Gange. Der Wald dröhnt auf beiden Seiten, Dynamitsprengungen donnern, ohne Aufenthalt klingen die Hammerschläge der Steinhauer, die Rufe der Fuhrleute und das »Ohoi! Ohoi!« der Pfahlrammer.

Junnus Hütte steht gerade zwischen zwei Städten, und auf ihrem Platz soll eine große Station gebaut werden, wo der Handel und Verkehr dreier Kirchspiele zusammentreffen sollen. Die Umgebung der Hütte muß geräumt, der Wald weggehauen, die Felder geebnet und alle Gebäude niedergerissen werden. Und Junnu hat Befehl erhalten, seine Wohnung zu räumen.

Aber Junnu hat sich nicht vom Fleck gerührt, und er hat auch nicht im Sinne, es zu tun. Er will nichts wissen, was um ihn her geschieht. Er weicht allem aus, umgeht die Arbeitsplätze und will niemand kennen. Obgleich man ihn darum bat, hat er sich geweigert, Milch zu verkaufen, und denjenigen, die ihn selbst um Nachtlager angingen, hat er geantwortet, daß die Hütte für ihn selbst nicht zu groß sei. Ja, selbst zur Benutzung der Badestube oder Bude will er niemand Erlaubnis erteilen.

Die Ingenieure haben ihm wiederholt sagen lassen, er müsse noch vor Allerheiligen seine Gebäude niederreißen, sie würden sonst auf seine Kosten von den Leuten des Staates niedergerissen werden. Junnu antwortete, daß er nicht gesonnen sei, sich zu rühren.

Aber das Wohnhaus muß jedenfalls fort, denn die Schienen sollen mittendurch gelegt werden.

»Dann mögen die Schienen einen Umweg um das Haus herum machen.«

»Das geht nicht an, Umwege zu machen.«

»Man hätte ja eine andere Stelle wählen können, wer hat gesagt, daß die Gleise hier liegen sollen?«

Man betrachtet ihn als närrisch und will nicht weiter in ihn dringen, bis es die höchste Zeit ist. Er würde wohl mit der Zeit auf bessere Gedanken kommen.

Aber Junnus Erbitterung steigt, je mehr sich die Schienen von beiden Seiten nähern.

Als er mit seiner Sommerarbeit zu Ende ist, fängt er an, große Balken heranzufahren, und als man ihn fragt, was damit sei, antwortet er, daß er die Absicht habe, noch vor Ankunft des Winters eine neue Kammer und eine Badestube zu bauen.

Die Ingenieure senden den Hofbesitzer, um ihm zuzureden.

»Will der Bauer alles bezahlen, was das Umziehen und Umlegen des Ackers kostet?« fragt Junnu voller Zorn.

»Was sollte mich wohl dazu nötigen?«

»Hält mich denn die Krone schadlos?«»Ich glaube nicht, daß der Staat deinen Knecht spielen wird.«

»Aber was hattet Ihr denn im Sinn, als Ihr mir erlaubtet, zehn Jahre ohne Bodenzins hier zu wohnen – und nun wollt Ihr mich aus dem Hause werfen?«

»Meinetwegen hättest du hier zwanzig Jahre wohnen können.«

Junnu fängt an, ein leises Mißtrauen gegen den Meister zu empfinden. Seine Augen blinzeln so unsicher, und sein Fuß bewegt sich unruhig hin und her während des Gesprächs. Er könnte wohl sicher die Schmach und den Schaden verhindern, wenn er nur wollte, aber er war wohl mit den anderen verbündet, er war ja immer gut Freund mit den Vornehmen gewesen, so wie jetzt mit diesen Ingenieuren, in deren Gesellschaft er auf dem Arbeitsplatz umherstrich, und seine Pferde hatte er auch zur Eisenbahnarbeit hergegeben.

Aber sie könnten gern alle gegen ihn sein, alle! Er habe das Recht auf seiner Seite, und an dem wolle er festhalten. Er wollte sie verscheuchen, sie zum Weichen zwingen, Rache an allen nehmen.

Weshalb kamen sie hierher und störten ihn, da er sie doch in Ruhe ließ!

Sie hätten ja seitwärts vorüberfahren können mit ihrer Eisenbahn, nein, seine Hütte sollten sie nicht niederreißen, solange er aufrecht stehen konnte.

Sie würden wohl auch schwerlich so viel Umstände mit ihm gemacht haben, wenn er das Recht nicht auf seiner Seite gehabt hätte.

Auch hätten sie ihm kaum so eifrig Arbeit angeboten, wenn sie seiner hätten spotten können.

Und es war wohl nur eine leere Drohung, daß die Ingenieure ihm befohlen hatten, vor Allerheiligen alles zu räumen, weil sonst der Landvogt ihn mit Gewalt aussetzen würde.

Der Allerheiligentag kommt näher und näher, und das Legen der Schienenlinie und die Erdarbeiten rücken drohend vorwärts. Sie hacken schon die Wurzelpflöcke aus der Erde, sprengen Steinblöcke, daß die Balken des Hauses krachen und Stücke und Splitter gegen die Scheiben prasseln. Junnu kann seine Hütte nicht verlassen und irgendwohin gehen, ohne bei jedem Schritt mit Menschen zusammenzutreffen, die nach seiner Meinung ihn mit spöttischen Blicken betrachten. Sobald sie ihn erblicken, senden sie ihm aus der Ferne Spottworte und höhnende Rufe nach, sie fragen, ob er es versteht, seine Kuh rein zu melken, ob er wohl den ganzen Hof mit Viehbestand und sämtlichen Dienstboten allein regieren könne und ob er vielleicht die ganze Arbeit an dem neuen Stationsgebäude allein übernommen habe...

Er lebt wie im Belagerungszustand und wagt zuletzt gar nicht mehr, sein Haus aus den Augen zu lassen, weil er befürchtet, daß sie, während er fort ist, vielleicht kommen und alles umreißen könnten. In größter Eile und nur an Festtagen macht er sich auf nach dem Dorfe, um Mehl zu holen. Zuletzt verfällt er ganz seiner Erbitterung, er geht nicht aus, außer wenn er seine Tiere füttern muß, liegt und duselt auf der Bank oder lauert auf die Bewegungen des Feindes ringsum.

Am Abend vor Allerheiligen sieht er Tahvo über den Hofplatz kommen, und kurz darauf tritt er herein. Junnu sitzt beim Tabakschneiden in einer Ecke und tut, als wenn er ihn nicht sähe. Tahvo bleibt vor dem Ofen stehen, um die Hände zu wärmen.

»Sie haben mich gebeten, dir zu sagen, daß du deine Sachen wegräumen müssest, denn man will morgen zur Mittagszeit daran, dein Haus niederzureißen... und du tust am besten daran, zu gehorchen«, fährt er fort, als Junnu nicht antwortet. »Du würdest nur den kürzeren ziehen, wenn du es auf die Gewalt ankommen ließest.«

Junnu hackt nur noch eifriger, ohne zu antworten, und haut einmal so hart, daß das Brett knallt.

»Hättest du nicht vielleicht Lust, die Hütte hier zu verkaufen?« grinst Tahvo und dreht den Kopf ein wenig. »Ich kaufe sie, wenn du verkaufen willst; hundert Mark gebe ich gleich auf der Stelle. Gehst du darauf ein?«

»Nein.«

»Ja, einen besseren Preis erhältst du von niemand. Der Landvogt ist schon hier, und er schwor, daß er dich sofort austreiben würde, wenn du dich nicht gutwillig entferntest. Sie sagen, daß sie dich samt der Hütte in die Luft sprengen würden, wenn du halsstarrig seiest... Aber vielleicht gelüstet es dich, nochmals in die Klauen der Kronleute zu kommen?«

»Hinaus mit dir!« zischt Junnu und fährt in die Höhe.

»Ja, ich werde gehen, aber dir wird man auch bald hinaushelfen!«

Aber als er sieht, wie die schwere Schneidebank in Junnus Finger gleich einer leichten Schachtel in die Höhe fährt, huscht er schnell zur Tür hinaus und kann sie gerade noch zuwerfen, als die Bank krachend gegen die Türpfosten knallt und von da in die Vorstube fliegt, wo sie rasselnd gegen einen alten Eisentopf schlägt.

»Jawohl, solch ein Schweinekerl wollte meine Hütte haben! Er, der an allem Unglück schuld ist. Er, der sie hierhergeführt hat, all dieses Pack! Ohne ihn wären die fremden Herren nie hierhergekommen! Ah so, sie wollen also meine Hütte mit Gewalt abbrechen? Sie wollen mich mit Hilfe des Landvogts aus meiner eigenen Wohnung hinausjagen? Nun, nun, sie mögen es versuchen zu kommen, die...«

Aber er hat noch nicht die Tür schließen können, als auch schon der Landvogt und einer der Ingenieure hereintreten.

Er nimmt die Mütze nicht vom Kopf, geht nicht von der Bank herunter, auf die er gekrochen ist, und beantwortet ihren Gruß gar nicht.

»Nun, jetzt kommt man wohl, um mich hinauszuwerfen?« fragt er mit einem spöttischen Gelächter.

»Ja, man wird wohl genötigt sein, dich hinauszujagen, wenn du nicht gutwillig gehen willst. Aber wozu dich auf die Hinterbeine stellen, Junnu, du wirst doch einsehen, daß es nichts nützt, wenn die Obrigkeit befiehlt«, sagt der alte Landvogt freundlich.

»Mit welchem Recht befiehlt sie?«

»Der Staat hat den Grund gekauft, die Bahn soll hier durchgehen, und das läßt sich nun nicht ändern.«

»So, er hat es gekauft? Aber die Kaufbriefe sind mir nicht vor die Augen gekommen.«

»Das ist aber auch nicht nötig. Du wohnst auf dem Grund und Boden eines anderen.«

»Aber das Haus ist mein, und ich habe das Recht, das Land hier zehn Jahre lang zinsfrei zu benutzen.«»Woher hast du dies Recht?« fragte der Ingenieur.

»So wurde es mit meinem Hofbesitzer verabredet.«

»Hast du Papiere?«

»Nein, Papiere habe ich nicht; aber so war die Verabredung.«

»Ja, mein guter Mann, die Verabredung gilt gar nichts, wenn das Land einmal deinem Hofbesitzer gehört und er seine volle Bezahlung dafür erhalten hat.«

»Hat er Bezahlung erhalten? – Aber ich habe für mein Haus keinen Pfennig erhalten, auch hat er mir nichts angeboten.«

»Das geht uns nichts an, wenn dein Hofbesitzer, dem der Grund gesetzlich gehört, seine Bezahlung erhalten hat.«

»Der Bauer? Aber der kann doch nicht für mein Haus Bezahlung erhalten haben?«

»Ja, die hat er wirklich erhalten, wie ich es dir sage; das ist übrigens eine Angelegenheit für euch beide allein. Mit euren Verabredungen und Streitigkeiten hat der Staat gar nichts zu tun.«

Eine Weile sitzt Junnu, ohne ein Wort zu sprechen, dann richtet er sich auf und ruft:»Ist es wahr, daß er ein ebenso großer Schurke ist wie ihr anderen?«

»Weißt du, mit wem du sprichst?« sagt der Landvogt aufgeregt und stellt sich vor Junnu hin.

»Mit Fälschern, mit Räubern der Regierung! Hinaus aus meinem Haus, hinaus!«

»Junnu, ich warne dich zum letztenmal!«

»Ja, warne du nur, du Lügner, du Hund!« Die Worte bleiben ihm fast im Munde kleben, und seine Stimme röchelt.

»Der Mann ist toll. Es nützt nichts, mit ihm zu zanken und zu streiten.« Und sich an die Arbeiter wendend, die sich vor der Tür gesammelt haben, ruft der Ingenieur: »Anfassen und niederreißen! Wir haben keine Zeit mehr, uns zu zanken ...«

»Da siehst du nun, daß kein Schwatzen hilft«, versucht der Landvogt ein letztes Mal in begütigendem Tone zu sagen.

Aber ohne etwas zu begreifen, ohne etwas zu vernehmen als das eine, daß sie jetzt wirklich im Ernst ihn aus seinem Hause treiben wollen, daß sie ihm sein Recht und sein Eigentum entreißen wollen, fährt er an dem Landvogt vorüber, dem Ingenieur nach in den Hof hinaus, wo ihm die Arbeiter ausweichen, während Neugierige von allen Seiten herbeiströmen.

»Mein Haus reißt ihr nicht nieder!« brüllt er und erhascht einen Zaunpfahl von der Einhegung.

»Tut eure Pflicht!« kommandiert der Ingenieur. Aber die Leute bleiben unentschlossen stehen.

»Was, fürchtet ihr euch vor einem einzigen, ihr Kujons! Hinauf aufs Dach, oder ich entlasse euch allesamt aus dem Dienst!« ruft der Ingenieur.

»Und ich zerschmettere jedem den Schädel, der sich zu rühren wagt...«

»Damit schreckst du niemand ab!« sagt Tahvo und springt gerade neben Junnu die Leiter hinan.

Junnu schlägt nach ihm, trifft aber nicht, und da der Pfahl in seinen Händen zerspringt, faßt er krampfhaft die Leiter und schüttelt sie so rasend, daß sie auf die Erde fällt und Tahvo, der schon bis an die Dachrinne gekommen ist, mit sich reißt.

Tahvo stößt einen wilden Schrei aus und fällt in Ohnmacht. Im gleichen Moment wird Junnu von dem Landvogt und den Ingenieuren beim Nacken ergriffen, sie rufen andere zu Hilfe, man drückt Junnu gegen eine Wand, schlägt ihn zu Boden, schnürt ihm mit einem Strick die Arme zusammen und wirft ihn, machtlos, wie er ist, auf den Boden seines eigenen Schlittens.

»Ah so, du willst dich gegen die Obrigkeit auflehnen ... Ich werde dich lehren, du Esel!« brummt der Landvogt ganz außer Atem und zieht an dem Strick. »Bringt das Pferd aus dem Stall, Leute!«

Junnu liegt ausgestreckt auf dem Boden seines Schlittens und sieht, wie sie sein eigenes Pferd aus dem Stall ziehen und vor seinen Schlitten spannen. Er zieht ein paarmal rasend an den Stricken, versucht, sich auf die Beine zu stellen, aber da er merkt, daß es unmöglich ist, legt er sich zurück und bleibt unbeweglich liegen. Während er so daliegt und warten muß, bis der Landvogt zur Abreise bereit ist, sieht er, wie sie die umgeworfene Leiter wieder an seiner Hüttenwand aufstellen, und als der Schlitten unter Holpern und Klappern auf der nackten Erde davonfährt, rasseln die Bretter vom Dach herunter, und die Birkenrinde fliegt in langen Fetzen, vom Herbstwind getragen, über das Feld.

»So haben wir den Bären aus dem Loch!« höhnt man hinter ihm her, und spöttische Hurrarufe erreichen sein Ohr.

7

Er ist mit einer Buße, Schadenersatz, Schmerzensgeld und einigen Monaten Gefängnis für gewaltsame Verhinderung der gesetzlichen Funktionen eines Beamten davongekommen. Aber mit Abwarten der Gerichtsverhandlung und des Urteils war die Zeit vom Herbst bis in den Vorsommer hinein verstrichen.

Mit rasiertem Kopf und in Gefangenentracht hat man ihn zu St. Johannis aus dem Lehnsgefängnis hinaus in den Gemeindekerker geführt und dann in Freiheit gesetzt.

Er geht vom Gefängnis geradeswegs in die Einöde hinein, die ihn unwiderstehlich anzieht.

Sein Pferd hat man verkauft, um die Gerichtskosten zu decken, die Kuh aber hat man unter die Obhut einer alten Frau gestellt, die sie den Winter über zu besorgen versprochen hat.

Junnu ist abgemagert, gebeugt und abgezehrt. Die Stirn ist düster und gefurcht. Die Wangen sind hohl und gelblich über die Knochen gespannt, so daß es aussieht, als beiße er stets die Zähne zusammen. Die Augen liegen tief im Kopfe; aber sie strahlen hin und wieder in unheimlichem Glanz.

Weder vor den Schranken noch im Gefängnis, auch nicht, als er von dort in Gesellschaft des wohlbekannten Gefangenenwärters wegfuhr, hat er viele Worte geäußert. Von dem Augenblick an, da man ihn mit Gewalt in seinen eigenen Schlitten warf, hat er trotzig geschwiegen.

Vor dem Gericht wurden seine Leumundszeugnisse vorgelesen, aus denen deutlich hervorging, daß er bereits einmal als Dieb bestraft und zugleich der vaterlose Sohn eines unverheirateten Weibes war. Er hatte sich gar nicht verteidigt, die Zeugen gar nicht zu entkräftigen versucht, weder geleugnet noch gestanden. Und als sein Hofbesitzer dem Richter erklärte, daß man diesen Mann nie als recht klar im Kopf betrachtet habe, weil er ohne Ursache in blinde Wut geraten sei, da ließ Junnu den Schurken reden, und die anderen glaubten es.

Aber damals begannen dunkle Gelüste sich in ihm zu regen, und sie reiften im Arrest und in der einsamen Zelle des Bezirksgerichts.

Sie machten seinen Kopf nicht mehr schwindeln oder alles vor seinen Augen dunkeln, diese Anfälle von Groll, so wie früher. Nein, sie haben sich im innersten Winkel seines Herzens angehäuft, dort sind sie liegengeblieben und angeschwollen und haben gepreßt, sich in sein Blut eingesogen und in seiner Seele festgebissen wie fressender Rost.

Er will den Hof seines Dienstherrn niederbrennen, er will Tahvo und den Landvogt töten, die Ingenieure will er aus einem Hinterhalt im Walde niederschießen und sich an all denen rächen, die sein Geld und Gut ihm geraubt, ihn gepeinigt und verhöhnt und ihn wie ein wildes Tier aus seinem Nest gejagt haben!

Der Bauer hat ihm geschmeichelt, seinen Ackerbau gelobt, nur um das Doppelte der Entschädigung für sein Land vom Staate zu erhalten. Tahvo hat über seine Rache triumphiert. Alle haben sie über sein Unglück ein Hohngelächter angestimmt...

Nein, es ist keine Gerechtigkeit unter den Menschen zu finden, Wölfe sind sie, hungrige Köter, die nur fressen, in Fetzen reißen wollen, wessen sie habhaft werden, und die den letzten Blutstropfen aus dem Körper saugen.

Aber Rache will er haben, Rache, und wenn er auch darüber zugrunde gehen soll ... Und während er so denkt, flammt sein Auge wild auf, und seine Zähne knirschen.

Ohne selbst zu wissen, wie, geht er aufs Geratewohl über die Waldheide der Einöde zu. Aber seine Kräfte sind durch das viele Stillsitzen und die schlechte Kost geschwächt, und er muß einen Augenblick am Wegrande ausruhen. Hungrig ist er, Tabak hat er nicht; Monate hindurch hat er ihn entbehren müssen, aber beständig nach ihm geseufzt.

Seine Erbitterung schwindet für den Augenblick, die Rachegedanken schwinden, und die seelische Spannung läßt nach.

Was hat er doch getan, daß die Menschen so unbarmherzig gegen ihn sein können, daß die Welt ihn so zertritt? Hat er sich nicht stets bestrebt, dienstfertig zu sein und denen zu helfen, gegen die er sich vergangen? War nicht er es, der immer auf der Landstraße beiseite wich und andere vorüberfahren ließ? Weshalb stellen sie ihm denn nach?

Und doch – wenn er nun gleichwohl noch einmal nach einem Orte flüchten könnte, wo keine lebendige Seele ihn hörte und sah, wenn er sich ein Pferd verschaffte und eine neue Hütte baute ... Aber wie kann er wissen, ob sie nicht wiederkämen, ihm alles zu zerstören, daß sie ihn nicht wieder zehn Mann stark überwältigen, ihn binden und in das Gefängnis werfen würden. Und dann nahmen sie ihm vielleicht auch die Kuh ... Sie war wohl schon geraubt worden, man hatte sie vielleicht aus dem Wege geschafft – und in Angst davor eilt er dorthin, wo er sie zu finden hofft.

Die Frühlingsluft ist kalt und feucht, und die jung belaubten Bäume scheinen zu zittern. Er kennt jeden Fleck, diesen Weg ist er früher so manches Mal gewandert. Aber gar nichts ist mehr wie in alten Tagen. Je tiefer er in die Einöde eindringt, desto breiter wird der Weg und desto mehr ist der Wald verheert. Der einstige Viehpfad ist aufgerissen, er ist mit Wagen befahren worden, und die Räder haben die Rinden von den Bäumen gerieben. Über die Moräste sind Brücken geschlagen, und längs des Weges liegen mächtige Fichtenstämme mit ihren abgehauenen Kronen.

Und auf einmal dünkt ihn, als ob all diese Spuren und Zeichen von da fortführten, wie wenn Menschen in wildester Eile mit schweren Lasten und Karren da hindurch geflüchtet wären, in vollem Schrecken, über den Abhang hinaus, alles Überflüssige umwerfend. Sie hatten ihre Arbeit unterbrochen, eine Macht hatte sie mit Zauberkünsten vertrieben, ohne ihnen bei Nacht Ruhe oder bei Tag Frieden zu gönnen ... Die wildesten Geister des Waldes hatten Steine von den Felsrücken herab in die Talsenkung geschleudert, zur Nachtzeit alles zerschmetternd, was Menschen bei Tageslicht mühsam gebaut, und alles aufbauend, was diese zerschmettert hatten: seine kleine Hütte und den Schuppen! Und dann waren die Menschen fortgetrieben worden, der eine den andren im Gedränge überfahrend, so daß die Schwachen über den Wegrand gedrängt wurden, dort hinunter, wo Trümmer von gestürzten Wagen, Schlittenbäume, losgerissene Räder und Pferdeskelette verstreut lagen.

Und wie das Dunkel dichter und dichter wird, beginnt er, sich noch stärker mit dem gaukelnden Phantasiebild zu beschäftigen; er will Gewißheit haben, daß sie wirklich alle fort sind, und ungeduldig jagt er den Weg dahin, wo es ihn dünkt, als flüstere es ihm geheimnisvoll von beiden Seiten zu. Er entfernt sich vom Flußpfad und eilt quer durch den Wald, gerade auf den Mustisee zu.

Er hat sich das alles so oft in den schlaflosen Nächten im Gefängnis vorgegaukelt. Er hat gesehen, wie der Weg breiter wurde, wie der Wald wich, er hat Menschen und Pferde in langen Reihen Steine und Bäume fortschleppen sehen, hat gesehen, wie sie Baumstümpfe rodeten und Felsen in die Luft sprengten, wie sie auf sein Dach kletterten, die Sparren hinunterwarfen und das Rindendach in alle Winde streuten, und oft hat er in Gedanken den Ofen allein in der Ruine stehen sehen draußen im Brachfeld – wie nach einer Feuersbrunst.

Aber eine solche Umwälzung, eine so vollständig greuliche Verwüstung, wie sie sich nun plötzlich offenbart, als er aus dem dunklen Wald tritt, das hätte er nie ahnen können.

Sie ist schon fertig, diese Eisenbahn, der Erddamm ist gebaut, die Gräben sind gegraben, die Schienen gelegt, und mitten auf dem Schienenweg, gerade vor seiner Nase, grinst ihm eine Reihe Sandwagen entgegen, von dem hohen Damm und vor ihnen dampft keuchend eine abscheuliche, pfeifende Lokomotive.

Ermattet und kaum mächtig, sich aufrecht zu halten, schleicht er längs des Schienenwegs vorwärts nach seiner Hütte. Draußen im Moor stehen die breitbeinigen Rammböcke, und um sie herum liegen Pflastersteine und gestürzte Schubkarren in einem Haufen wirr durcheinander.

Er starrt nach seinem Haus draußen auf seinem alten Brachfeld – aber er findet nichts. Brachfeld und Acker sind mit Sand bedeckt; Hütte, Stall, selbst die Balken der Badestube und Bude sind fort, spurlos fort, und wo sie gestanden haben, ist man dabei, eine neue Grundmauer zu bauen, wohl das Fundament eines großen Hauses. Das einzige, was er von seinem früheren Eigentum findet, ist das Bruchstück einer Leiter.

Er beginnt sich zu ängstigen. Es ist ihm, als wird er gejagt und verfolgt von bösen, unsichtbaren Geistern, im Wald lauern sie auf ihn, strecken und dehnen sich, um ihn an den Beinen zu erhaschen, zischen und zischeln rings um ihn. Er will davonstürzen, hinaus in die Wildnis, aber dort starren ihm die Türen und Fenster vieler Häuser entgegen, eines hinter dem anderen, dorther kommen die Lokomotiven und Wagen, dort stehen die Rammböcke und alles andere. Er eilt hinunter zum See. Aber kaum ist er auf die andere Seite des Fahrdammes gelangt, wo der lose Sand unter seinen Füßen kreischt, als er entdeckt, daß er vor seiner Waldbadestube steht, und er hält an.

Es sieht aus, als wenn sie bewohnt wäre. Durch einen Spalt in der Tür hört er drinnen schnarchen, und als er den Kopf hineinsteckt, sieht er am Boden vor dem Feuer eine alte Frau, die schläft. Es ist eben die, welcher Junnu seine Kuh anvertraut hat.

»Die Kuh? Wo ist meine Kuh?«

»Sie ist wohl noch bei ihrem Futter«, sagte die Frau zu ihm, als sie erwacht und sich nach dem Schlaf ein wenig erholt. »Sie haben ja diese Waldhütte hier doch stehenlassen obschon sie damit drohten, sie niederzureißen. Aber die Reihe kommt wohl auch an sie, wenn sie erst mit den anderen Sachen fertig werden. Man redet davon, daß die Eröffnungsfeier zu St. Johanni stattfinden soll. – Ja, deine Wohnung haben sie niedergerissen, und der Bauer verkaufte die Wände an Tahvo, der sie eine Strecke weiter hinaus in den Wald transportiert hat. Sie sagen, daß er dort einen Branntweinausschank hat und daß er schwer reich geworden sein soll. Bei ihm kannst du auch dein Pferd finden. Der Tagedieb ging hin und erstand es beim Zwangsverkauf für fünfzig Mark. Ja, es gibt schlimme Schurken in dieser Welt«, fährt sie in tröstendem Tone fort, als sie Junnu gekrümmt, die Ellbogen auf die Knie gestützt, auf der Badestubenschwelle sitzen sieht. »Alles rauben sie einem Mann, alles, was er sein nennt, sein Eigentum, sein Heim. Sie machen die Hütte, die das Werk eines anderen ist, dem Boden gleich und verkaufen sein einziges Pferd. Und wenn der Bauer angekommen wäre, er hätte ihnen die Erlaubnis gegeben, das Heu zu nehmen, das du selbst in Sumpf und Moor gesammelt hast; aber da erhob ich Einspruch. – Ja, da droben muß deine Kuh sicher sein. Sie geht von hier aus am Abend

hinauf auf die Nachtweide. Man wagt ja gar nicht mehr, sie hinaus-
zulassen, ohne sie zu hüten, außer nachts, seitdem diese Dinger,
diese Lokomotiven, angefangen haben, hin- und herzufahren. Die
Kühe verstehen sich nicht darauf, daß sie gefährlicher sein können
als ein Pferd, und so sind diesen Sommer auch schon zwei Stück
Vieh überfahren worden. Und Entschädigung zahlen sie nicht, jeder
muß, sagen sie, selbst auf sein Vieh achtgeben.«

»Aber wer hat gesagt, daß du hier bleiben sollst?«

»Mir erschien es nicht rätlich, von hier fortzugehen, da ich hier
einen so guten Preis für die Milch erhalte.«

»Ihnen verkaufst du Milch?«

»Ja, sie zwangen mich dazu, sie sagten, daß sie ein Recht darauf
hätten – und dein Heu lag ja hier.«

»Wohin geht Omena auf die Nachtweide?«

»Nicht weit. Da drüben gerade hinter den Schienen unter den anderen Kühen. Ich sollte glauben, man könnte ihre Glocke hier hören. Du findest sie wohl gleich. – Aber ich möchte doch gerne ein
wenig Morgenkaffee für dich kochen, wenn du mir Zeit lassen
willst.«

Aber Junnu will nicht warten. Er erhebt sich und geht hastig dem
Walde zu, wo er zwischen den Bäumen verschwindet.

8

Der Tag steigt bereits hinter dem Hügelkamm herauf, und ringsum erwachen Lärm und Stimmen.

Horchend wandert Junnu längs dem Schienenweg, entfernt sich ein wenig davon und kehrt wieder zurück und geht dicht an ihn heran; es ist, als ob er sich nicht recht getraute.

Nicht einen einzigen Tag will er an diesem Ort bleiben. Er will sogleich seine Kuh suchen, einen Strick um sie schlingen und mit ihr seiner Wege gehen, ehe ihn jemand gesehen hat. Dann mochte es im übrigen gehen, wohin es auch sei, hinein in die Einöde, fort nach einer anderen Gemeinde! – Bloß daß er hier wegkäme, weit von hier, wo hinter jedem Baum, jedem Stein ein Dämon auf ihn lauerte.

Er ist nicht weit gegangen, als er plötzlich den Klang einer wohlbekannten Glocke hört und stehenbleibt. Als sie zum zweitenmal klingt, geht er weiter nach dem Schall.

Ein kleines Brachfeld öffnet sich vor seinem Blick, er kennt es gut, letzten Sommer hat er dort Kohle gebrannt und Hafer gesät. Und mitten darauf steht sein ehemaliges Pferd. Aber nun ist es mager und abgezehrt, es trägt noch die Winterhaare, aber diese sind da und dort abgerieben, der Rücken ist geschwollen, an Hals und Bug sieht man das nackte Fleisch. Die Mundwinkel sind aufgerissen, der Kopf hängt. Es erkennt seinen alten Herrn, kann aber, weil es angebunden ist, nicht zu ihm, es wiehert nur ganz leise und reibt das Maul an seinem Arm.

»Aber was haben sie doch mit dir gemacht, o die Niederträchtigen, diese Hunde!« jammert Junnu. Und vergessend, daß er nicht mehr der rechtmäßige Besitzer ist, faßt er es am Glockenriemen und zieht es mit sich fort.

»Holla, Mann! Was willst du mit meinem Pferd?« ruft einer drinnen aus dem Walde.

Es ist Tahvo.

Als er Junnu wiedererkennt, fährt er zusammen und bleibt stehen; aber sobald er entdeckt hat, daß Junnu unbewaffnet ist, während er selbst ein Beil in der Hand hat, bekommt er wieder Mut und läuft hinzu.

»Fort von meinem Pferd!« brüllt er, indem er die Axt schwingt und ebenfalls den Glockenriemen erfaßt.

Junnu läßt los. Und als er einen Augenblick ratlos und schwach dasteht und keine Lust bezeigt, sich in eine Schlägerei einzulassen, stößt Tahvo ihn mit geballter Faust in die Seite, so daß Junnu in den Knien wankt und umsinkt.

Tahvo springt auf den Rücken seines Pferdes, haut es mit einem Pflock über die Flanke und reitet fort.

Junnu hat keine Kraft, ihm nachzueilen, er wird nicht einmal zornig, er läßt den anderen ihn einen Pferdedieb und Banditen nennen und mit dem Richter und dem Gefängnis drohen – bis er schließlich im Wald verschwindet.

»Nun, beeile dich, Tölpel«, hört er Tahvo sein Pferd anschreien.

»Es gehört ihm ja«, denkt er schwerfällig, »es gehört ihnen ja alles – sie können ja tun, was sie wollen.«

Er erschlafft, fällt ganz widerstandslos zusammen – die Morgensonne dringt grell in seine Augen, als sie sich über den Wald erhebt, sein Kopf schwindelt, und er streckt sich schläfrig auf dem Boden aus, vergißt seine Kuh, seine Flucht und alles ...

Aber kaum hat er die Augen geschlossen, als ein durchdringendes, schrilles Pfeifen sein Ohr erreicht und ihn wie ein Peitschenhieb trifft. Er hört ein Gerassel und Klirren von Eisenketten, er weiß nicht recht, ob er noch im Gefängnis ist oder ob er träumt.

Aber als er nach und nach begreift, daß es die Lokomotive sein muß, die gepfiffen hat, und daß sie es sein muß, die sich nähert, da denkt er an seine Kuh, springt auf und eilt dahin über Stock und Stein den Schienen zu, wie um etwas zu verhindern, eine Gefahr abzuwenden.

Eine kleine Herde Kühe steht jenseits des Sanddammes im Begriff, nach den Schienen zu wandern. Junnu kennt die vorderste von ihnen, es ist die seinige – und sie will auch sofort zu Junnu hinüber, sie hebt den Kopf, wimmert leise, brüllt und setzt sich in wiegenden Trab, die Glocke um ihren Hals schlägt den Takt dazu.

Aber als sie zu den Schienen kommt und gerade den Damm hinabklettern will, pfeift die Lokomotive an der Kurve und pustet Dampf aus, in vollem Tempo daherbrausend.

Die Kuh bleibt mitten auf dem Bahndamm stehen, starrt wirr die Lokomotive an und kann weder vorwärts noch rückwärts.

Die Dampfpfeife der Lokomotive schrillt, brüllt und lärmt, aber die Maschine kann nicht halten.

Junnu stürzt hervor, winkt und ruft, was er nur kann, erfaßt seine Kuh bei den Hörnern, sie widerstrebt, wenn Junnu zieht, und drängt vorwärts, wenn er sie zurückdrängen will ... Er hat sie halbwegs über die Schienen gezogen, als die Lokomotive unter Fluchen und drohendem Fäusteballen der Führer und dem kreischenden Scharren der Bremse seine Kuh vor seinen Augen mitten entzweischneidet.

Den halben Körper schleppt sie weiter mit sich, während das Vorderteil in den Händen Junnus, der an den Hörnern festhält, zurückbleibt.

Sie lebt noch kurze Zeit, ihre Halssehnen zittern, sie bewegt die Beine, als wenn sie fort wollte, aber dann fällt sie mit steifem Hals und offenen Augen, die Junnu anstarren, vor ihm am Rande des Bahndammes nieder.

9

Der im Flaggenschmuck prangende Festzug hält am Johannistage vor Mustisee-Station, deren halbfertige Gebäude mit grünem Birkenlaub geschmückt sind. Es ist der erste Zug auf der neuen Strecke, ein Vergnügungszug, zu dem die Eisenbahngesellschaft alle Arbeiter und Beamte der Bahn und als Ehrengäste alle hervorragenden Männer der Kirchspiele eingeladen hat, welche die Linie durchzieht.

Von Junnu hat niemand etwas gehört oder gesehen seit dem Tage, an dem die Lokomotive seine Kuh überfuhr und er fortging, wie man sagt, nach dem Kirchhof zu.

Dann und wann glaubten aber die Führer der Materialzüge, ihn am Waldsaum in der Nähe der Schienen herumschleichen zu sehen. Dort, wo die Bahn, die schnurgerade eine Strecke Weges an der Station vorüberläuft, plötzlich eine scharfe Kurve macht und zwischen gesprengten Felsblöcken hinauf auf einen gewundenen Sanddamm und über einen Morast führt, liegt ein Mann auf den Knien und versucht, eine Schiene von der Bahnschwelle loszureißen. Schweißtriefend, in fieberhafter Bewegung und hin und wieder nach der Station schielend, versucht er mit derbem Schlag mittels einer Birkenstange die Schiene vom Boden loszuzwängen.

Er hat seine letzten Kräfte für diese Arbeit aufgespart, die er nun ins Werk setzt.

Alle seine Feinde, alle seine Verfolger und Plagegeister, die Ingenieure, den Landvogt, seinen Hofbesitzer, Tahvo, die Arbeiter, die Lokomotive und deren Führer und alle anderen, die im Bunde gegen ihn gewesen sind, von denen der eine nicht besser ist als der andere, diese will er nun alle miteinander vernichten, sie von einem gemeinsamen Rachen verschlingen lassen und kopfüber in den dünnen bodenlosen Morast hinabsenden ...

So hat er es sich ausgedacht – das ist ihm klargeworden in diesen Tagen, wo er den Wald durchstreift hat unter nagendem Hunger, nur hervorgelockt durch die Lokomotive, die hin und her eilte, unwiderstehlich hinab zur Eisenbahnlinie gezogen, wo er auf alles genau achtgegeben hat. Er hat sich während der Nacht dorthin geschlichen, gesehen, wie die Schienen gelöst und wieder festgenagelt wurden, und er hat gehört, wie die Arbeiter zusammen über den Festzug nach dem Städtchen am St. Johannistag sprachen ...

Hätte er nur eine Eisenstange und einen schweren Schmiedehammer gehabt, so daß er mit einem einzigen Schlag und einem Ruck das spröde Eisen hätte sprengen können ...

Aber der Nagel will nicht aus seinem Lager. Und doch, er muß sein Werk vollbringen, es soll gelingen, es muß!

Die Lokomotive sprüht Dampf auf der Station, das Volk strömt in schwarzem Gewimmel zusammen, sie springen in die Wagen, nun rufen sie schon Hurra, und nun spielt die Musik, daß der Wald widerhallt.

Er schlägt mit aller Kraft mit dem Axtrücken, und die Niete springt. Er steckt die Stange unter die Schiene, und sie gibt ein wenig nach. Aber der andre Nagel bindet noch, und die Schiene gleitet wieder langsam zurück.

Der Zug pfeift zur Abfahrt von der Station – gedehnt und durchdringend.

Der zweite Nagel ist ebenso fest wie der erste. Er kann ihn nicht zerschmettern, bis sie schon vorbeigefahren und – gerettet sind.

Er könnte es ja auf ein andermal verschieben? Nein, das will er nicht, das kann er nicht – jetzt, jetzt gerade soll es geschehen. Jetzt sollen alle seine Qualen gerächt werden.

Er ergreift wieder die Stange, führt sie unter die Schiene und wirft sich darauf.

Er nimmt die Axt und fängt wieder an, mit der Schneide dreinzuschlagen, um das Eisen zu spalten. Aber die Axt trifft einen Stein, schlägt Funken nach allen Seiten, und die Schneide springt ab. Der Zug ist schon sehr nahe, sein Kolbenschlag nähert sich mit fliegender Schnelle.

Er packt wieder die Stange, führt sie unter die Schiene und wirft sich mit dem ganzen Gewicht seines Körpers darauf ... die Schiene klafft vom Boden auf, die Schwelle kracht, und der Nagel löst sich.

Nun, nun werden sie ihm nicht entwischen! Aber als er sich noch einmal niederwirft, während er schon das Geklapper der Räder von den Felswänden widerhallen hört, bricht die Stange, und er stürzt rücklings auf die Gleise.

Rasend springt er auf, umkrallt mit den Händen die Bahnschiene, hakt seine Finger hinein, erfaßt mit den Zähnen den Nagel und zerrt und rückt, ohne mehr zu wissen, was er tut ...

Die Lokomotive keucht hinter seinem Rücken ...

Sie entschlüpfen seinen Händen, sie werden gerettet, sie fahren über seinen Leichnam dahin ...

Niemals!

Er dreht sich zur Seite, sieht die Lokomotive mit den wehenden Flaggen und strahlenden Glasaugen, sie donnert und rasselt vorwärts – und ein neuer Gedanke kommt ihm blitzschnell.

Er bückt sich, schlägt den Arm um einen mächtigen Felsbrocken, hebt ihn hoch und springt auf das Gleis, er schließt die Augen und schleudert den riesigen Block gegen die heranbrausende Lokomotive; er hört ein fürchterliches Krachen, schwankt und fällt bewußtlos in den Graben neben dem Damm.

Als er wieder zur Besinnung kommt, fühlt er, daß er rücklings auf einem Boden liegt, der in Bewegung ist, rings um ihn stehen rufende und eifrig gestikulierende Menschen, er sieht die Ingenieure, den Landvogt, den Bauer und Tahvo ... sein Kopf schmerzt ihn, und das Blut rinnt über sein Gesicht.

Die Pfeife der Lokomotive entsendet ein langgezogenes, schadenfrohes Zischen, der Rauch wirbelt an seinen Augen vorüber. Er begreift, daß er im Festzug sich befindet, der ihn in die Stadt führt – für immer.

Über tredition

Eigenes Buch veröffentlichen

tredition wurde 2006 in Hamburg gegründet und hat seither mehrere tausend Buchtitel veröffentlicht. Autoren veröffentlichen in wenigen leichten Schritten gedruckte Bücher, e-Books und audio-Books. tredition hat das Ziel, die beste und fairste Veröffentlichungsmöglichkeit für Autoren zu bieten.

tredition wurde mit der Erkenntnis gegründet, dass nur etwa jedes 200. bei Verlagen eingereichte Manuskript veröffentlicht wird. Dabei hat jedes Buch seinen Markt, also seine Leser. tredition sorgt dafür, dass für jedes Buch die Leserschaft auch erreicht wird.

Im einzigartigen Literatur-Netzwerk von tredition bieten zahlreiche Literatur-Partner (das sind Lektoren, Übersetzer, Hörbuchsprecher und Illustratoren) ihre Dienstleistung an, um Manuskripte zu verbessern oder die Vielfalt zu erhöhen. Autoren vereinbaren direkt mit den Literatur-Partnern die Konditionen ihrer Zusammenarbeit und partizipieren gemeinsam am Erfolg des Buches.

Das gesamte Verlagsprogramm von tredition ist bei allen stationären Buchhandlungen und Online-Buchhändlern wie z. B. Amazon erhältlich. e-Books stehen bei den führenden Online-Portalen (z. B. iBookstore von Apple oder Kindle von Amazon) zum Verkauf.

Einfach leicht ein Buch veröffentlichen: **www.tredition.de**

Eigene Buchreihe oder eigenen Verlag gründen

Seit 2009 bietet tredition sein Verlagskonzept auch als sogenanntes "White-Label" an. Das bedeutet, dass andere Unternehmen, Institutionen und Personen risikofrei und unkompliziert selbst zum Herausgeber von Büchern und Buchreihen unter eigener Marke werden können. tredition übernimmt dabei das komplette Herstellungs- und Distributionsrisiko.

Zahlreiche Zeitschriften-, Zeitungs- und Buchverlage, Universitäten, Forschungseinrichtungen u.v.m. nutzen diese Dienstleistung von tredition, um unter eigener Marke ohne Risiko Bücher zu verlegen.

Alle Informationen im Internet: **www.tredition.de/fuer-verlage**

tredition wurde mit mehreren Innovationspreisen ausgezeichnet, u. a. mit dem Webfuture Award und dem Innovationspreis der Buch Digitale.

tredition ist Mitglied im Börsenverein des Deutschen Buchhandels.

Dieses Werk elektronisch lesen

Dieses Werk ist Teil der Gutenberg-DE Edition DVD. Diese enthält das komplette Archiv des Projekt Gutenberg-DE. Die DVD ist im Internet erhältlich auf **http://gutenbergshop.abc.de**

Zeitfracht Medien GmbH
Ferdinand-Jühlke-Straße 7
99095 Erfurt, Deutschland
produktsicherheit@kolibri360.de